U0064063

小學生
古文遊 ④

周蜜蜜　編著

中華教育

目 錄

人物介紹

何巧敏
女，小學生

唐向文
男，何巧敏的同學

宋導師
男，《小學生古文遊》網絡
主持人、導師

古文遊準備出發！

　　這是假期結束、開學後的第一個星期天，唐向文依約到了公園，看見何巧敏站在一叢盛開的鮮花旁邊，春風滿面。

　　唐向文走過去說：「嗬，你一早就來賞花了？」

　　何巧敏說：「是啊，看這些花兒，開得多麼繽紛美麗！真是令人越看越喜歡，絕對不能錯過花期。我還想着，新的學期開始了，我們的古文遊，還是按照原來的計劃，定時出發好不好？」

　　唐向文高興地說：「當然好！那就每逢星期天上午，我們都出發去古文遊吧。」

　　何巧敏說：「對！這樣做就是要把我們每次出遊的時間固定下來，你一定要守時啊！」

　　唐向文點點頭，說：「一定，一定！」

　　「嗯，說得出，做得到，現在我們就抓緊時間，快來學習一篇古文吧。」

　　於是，何巧敏拿出《小學生古文遊》的電子書，開啟屏幕，和唐向文一起閱讀——

第一遊——北宋廬山蓮花峯下濂溪書室

進入

✕ 取消

愛蓮說 [1]　周敦頤

原文

水陸草木之花，可愛者甚蕃 [2]，晉陶淵明 [3] 獨 [4] 愛菊。自李唐 [5] 來，世人甚愛牡丹 [6]；予 [7] 獨愛蓮之出淤泥 [8] 而不染 [9]，濯清漣而不妖 [10]；中通外直 [11]，不蔓不枝 [12]，香遠益清 [13]，亭亭淨植 [14]，可遠觀而不可褻玩 [15] 焉。予謂菊，花之隱逸者 [16] 也。牡丹，花之富貴者也。蓮，花之君子者也。噫 [17]！菊之愛，陶後鮮有聞 [18]；蓮之愛，同予者何人？牡丹之愛，宜乎眾矣 [19]。

【注釋】

1. 說：文體的一種，一般重在說明、解說，凡以「說」命題的文章，往往帶有雜文、雜感的性質。

2. 蕃：繁多。

3. 陶淵明：即陶潛，晉代大詩人，他的作品中多次提到菊花，《飲酒》詩中的「採菊東籬下，悠然見南山」，更是千古傳誦的名句。

4. 獨：唯獨。

5. 李唐：指唐朝，因皇帝姓李，所以稱李唐。

6. 牡丹：花朵碩大豔麗，唐朝的人極為喜愛，尊為「國色天香」。劉禹錫《賞牡丹》詩云：「唯有牡丹真國色，花開時節動京城」。

7. 予：我。

8. 淤泥：污泥。

9. 不染：不受污濁環境的玷污。

10. 濯清漣而不妖：經過清水的洗滌，顯得潔淨而不妖媚。濯：粵 zok6（鑿）；普 zhuó。洗。清漣：清水。妖：妖媚。

11. 中通外直：指蓮花的梗中心貫通，外表筆直。

12. 不蔓不枝：不蔓延生長，無枝葉。

13. 香遠益清：香氣遠飄，更加覺得清香撲鼻。

14. 亭亭淨植：潔淨地挺立在水面上。亭亭：聳立的樣子。淨植：潔淨地直立。

15. 褻玩：肆意玩弄。褻：粵 sit3（屑）；普 xiè。親近而態度不莊重。

16. 隱逸者：隱居的人。

17. 噫：歎詞，「唉」的意思。

18. 菊之愛，陶後鮮有聞：自陶淵明之後就很少聽說有人這樣愛菊了。鮮：粵 sin2（癬）；普 xiǎn。少。

19. 牡丹之愛，宜乎眾矣：喜愛牡丹的人，自然是很多了。宜乎：當然。

唐向文問：「這篇讚美蓮花的文章應該怎樣用今天的語言解讀呢？」

何巧敏說：「我們馬上請《小學生古文遊》的網絡主持人宋導師來指導吧。」說着，她按下一個電子鍵，宋導師出現在眼前。

宋導師道：「歡迎來到北宋廬山蓮花峯下濂溪書室遊覽，請看！」

今
讀

　　水中和陸地上有很多花草，都很可愛。晉代陶淵明唯獨喜愛菊花，自唐代以來，世間的人們都喜愛牡丹。我只愛蓮花，因為它雖然是從污泥裏長出來的，但卻不被污泥沾染。經過清水洗滌，一點也不顯得妖媚。它的莖中間貫通，外表筆直，不蔓生也不長旁枝。香氣飄得愈遠，愈發清香。它挺立在水中，人們只可遠遠地欣賞，不可輕慢玩弄。我認為菊花是花中的隱士，牡丹是花中的富貴者，蓮花是花中的君子。唉！喜愛菊花的人，在陶淵明以後已經很少聽到了，喜愛蓮花的人，和我一樣的還有誰？至於牡丹，就廣受大眾喜愛了。

唐向文說：「謝謝宋導師，我明白了，這篇文章寫得真美啊！」

何巧敏說：「我還想請教宋導師，寫這篇文章的作者周敦頤是一個甚麼樣的人？」

小寶典

　　周敦頤（公元 1017 — 1073 年），字茂叔，道州營道（今湖南省道縣）人，因晚年在廬山蓮花峯下築濂溪書室講學，世稱濂溪先生。他是北宋著名的哲學家，被後世推為理學之祖，他的弟子程顥、程頤後來都成為著名的理學家。他提出「文以載道」的主張，對後世理學家的文學主張頗有影響。

小提示

　　這是北宋理學家周敦頤創作的一篇散文。主要是通過對蓮花的美好形象和清芳品質的描寫，歌頌潔身自愛、清廉正直、心無雜念的高潔人格。作者在文章中借物述志，以蓮花自比，讚美其「出淤泥而不染」，從而表達出自己高潔的志趣以及不與世俗同流合污的處世態度。

　　本文着重描寫蓮花優雅高潔的形象，以陶淵明愛菊，唐朝以來世人愛牡丹，來襯托作者的「愛蓮」情趣與眾不同。從「予獨愛蓮之出淤泥而不染」以下，連續用六個句子，從各個方面盛讚蓮花超凡脫俗的品性，突出其「君子」之風，從而交代了「愛蓮」的原委。作者用「通」「直」「清」「淨」等幾個明快的詞語，寫活了蓮花形態之美，又用「不染」「不妖」「不可褻玩」等幾個語氣委婉的否定語，來表現蓮花的獨有氣質。繪形寫神，突顯蓮花可貴的品格，並且抒發出深沉的感歎。

　　全文不到一百五十字，簡潔優美，內涵豐富。像是「出淤泥而不染，濯清漣而不妖」等文字，更成為人們描述蓮花和讚美君子的千古名句。

小分享

1. 拍攝蓮花的照片，搜集和蓮花有關的資料，和同學們交流你對蓮花的感覺。

2. 參觀或回憶你去年宵花市的親身經驗，試描寫你所最喜歡的花的特色，並寫下你喜歡的原因。

3. 在同學朋友和家人之間做一次小調查，看看他們各自喜歡甚麼樣的花，並且記錄下來，再對照不同的花代表的「花語」。

4. 以「出淤泥而不染」來形容人的品格，你有沒有認識或看到過這種人呢？搜尋、學習有關的人物事跡。

古文遊準備出發！

很快又到了一個星期天，何巧敏和唐向文依約見面。

「這次我們的古文遊，要向哪裏出發呢？」

唐向文說。

何巧敏舉起《小學生古文遊》的電子書，打開了說：「你看看這篇，就會知道的了。我們今天，要去看一個古代中國『福爾摩斯』破案的經過呢！」

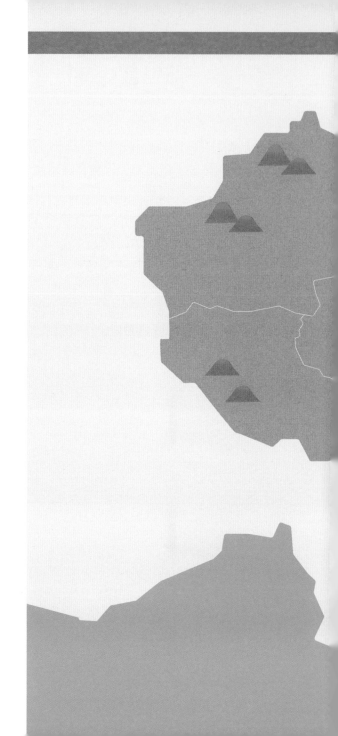

第二遊——北宋建州浦城縣

○ 進入

✗ 取消

摸鐘　沈括《夢溪筆談》

原文

　　陳述古¹密直²知³建州浦城縣⁴日，有人失物，捕得莫知的為盜者⁵，述古乃紿⁶之曰：「某廟有一鐘，能辨盜至靈。」使人迎置後閣⁷祠⁸之，引羣囚立鐘前，自陳⁹不為盜者，摸之則無聲，為盜者摸之則有聲。述古自率同職¹⁰，禱鐘¹¹甚肅¹²，祭訖¹³，以帷¹⁴圍之，乃陰¹⁵使人以墨塗鐘。良久¹⁶，引囚逐一令引手入帷摸之，出乃驗其手，皆有墨，唯有一囚無墨，訊¹⁷之，遂承¹⁸為盜。蓋¹⁹恐鐘有聲，不敢摸也。

【注釋】

1. 陳述古：即陳襄，述古是他的字，福州侯官（今福建省閩侯縣）人，北宋時著名學者、文學家，《宋史》卷三二一有傳。

2. 密直：官銜，樞密直學士的簡稱，陳襄曾官至樞密直學士兼侍讀。

3. 知：主持。宋時稱主持一縣政務者為知縣，一州者為知州，一府者為知府。

4. 建州浦城縣：今福建省浦城縣。

5. 莫知的為盜者：不知道是否確為盜賊，即嫌疑犯。
   的：確切。

6. 紿：（粵）toi5（怠）；（普）dài。欺騙。

7. 閣：（粵）gok3（各）；（普）gé。中國一種傳統樓房，通常四周設有隔板或欄杆迴廊，供遠眺、遊憩、藏書、供佛之用。

8. 祠：（粵）ci4（詞）；（普）cí。祭祀，這裏指供奉。

9. 自陳：親自述說。

10. 同職：同僚。

11. 禱鐘：對鐘禱告。

12. 肅：嚴肅。

13. 訖：（粵）ngat6（兀）；（普）qì。完畢。

14. 帷：帳幔。

15. 陰：偷偷地。

16. 良久：過了很長時間。

17. 訊：審問，審訊。

18. 承：承認。

19. 蓋：大概，表示作者的猜測之辭。

唐向文說:「這講的是聰明人陳述古的破案故事吧!我們要怎樣用現代語言來解讀呢?」

何巧敏說:「我們馬上請《小學生古文遊》的網絡主持人宋導師來指導吧。」說着她就按下一個電子鍵,宋導師出現在眼前。

宋導師點頭道:「歡迎來到北宋的建州浦城縣遊覽,請看!」

陳述古在建州省浦城縣做知縣的時候，當地發生了一宗盜竊案，官府逮捕了幾個嫌疑犯，但不知道誰是真正的竊賊。於是他想出一個妙計，聲稱有一座廟裏的鐘非常靈異，能識別盜賊。凡是盜賊摸了，它就會發出聲音。他派人把那口鐘迎到官署後面的閣樓上，還把疑犯帶來，故意在他們面前說：「沒有偷東西的人，摸這口鐘是不會響的；若是偷東西的人摸鐘，就會發出聲音。」陳述古說完以後，還鄭重其事地帶領縣衙內的大小官員，向鐘禱告，祭祀一番，然後用布將鐘圍住，暗地裏叫人用墨汁塗鐘。接着，他命令每個疑犯伸手去摸。等他們摸完之後，陳述古查看各疑犯的手，唯獨一人手上沒有沾上墨汁，他就是真正的罪犯。經過審訊，犯人如實招供。由於害怕鐘會響起來，所以他根本就不敢去碰那口鐘。

何巧敏說：「我還想請教宋導師，寫這篇文章的作者沈括是一個甚麼樣的人？《夢溪筆談》是一部甚麼樣的著作呢？」

小寶典

　　沈括（公元 1031 — 1095 年），杭州錢塘縣（今浙江省杭州市）人，北宋科學家、政治家。仁宗嘉祐年間進士。曾參與王安石變法，後屢次被劾遭貶。他博學善文，熟知天文、地理、化學、生物、律曆、音樂、醫學、典章制度等。晚年居潤州，築夢溪園（在今江蘇省鎮江市東），舉平生見聞，撰成筆記體著作《夢溪筆談》。

　　《夢溪筆談》，現存二十六卷。全書以各篇內容分為故事、辯證、樂律等十七門類，概括了他對科學和藝術等各方面的深刻見解，其中也有掌故逸事等歷史資料。

　　沈括具有很高的科學素養，他的著作被英國學

者李約瑟稱讚為「中國科學史上的里程碑」，而沈括本人被譽為「中國科學史中最卓越的人物」。本文選自《夢溪筆談》的《權智》類，主要收錄反映人們機敏才智的故事。

宋導師說：「以下，我再給大家一些小小的提示。」

小提示

　　這篇文章描寫縣官陳述古抓住罪犯作賊心虛，害怕被識破的心理，巧妙地通過「摸鐘」來識別嫌疑犯的故事。反映了他的機智靈活。

　　首先，陳述古要令犯人感到恐懼，所以先大事宣揚鐘的靈異，還帶領大家莊重地祭鐘，增加了鐘的神祕性，讓犯人信以為真。

　　其次，就是陳述古抓住犯人的僥倖心理，故意叫人用布把鐘圍住，給犯人設下摸不摸鐘別人看

不到的投機空間。在這兩重心理的作用下，不是盜賊的人自然會坦然地接受測試，但真正的盜賊就不會摸鐘。最後辨出竊賊的不是鐘聲，而是有沒有摸鐘。

　　當然，這個故事的發展還要以當時的社會現實為依據，由於那時候的人們還比較迷信，陳述古才能在這個基礎上有針對性地施展妙計。作者通過前後呼應的藝術手法，將整個故事的情節有聲有色地層層推展，突顯了故事的高潮和結局。

小分享

1. 陳述古為甚麼要嫌疑犯摸鐘？用這個方法判案有甚麼好處？

2. 你喜歡看推理小說嗎？有沒有看過福爾摩斯偵探的故事呢？可以找其中一個來讀一讀，看看破案的關鍵在哪裏，和陳述古的判案方法比較一下。

　　一個星期後的星期天晚上，何巧敏和唐向文在公園裏見面了。

　　「為甚麼今天我們是在晚上見面呢？還有，這一次我們的古文遊，要向哪裏出發呢？」唐向文問。

　　何巧敏拿出電子書，打開了，說：「因為我們要學習古人，看看夜裏的美景。你讀一讀這篇文章吧。」

　　唐向文全神貫注地看着上面顯示的文字，讀了起來——

第三遊——北宋黃州承天寺

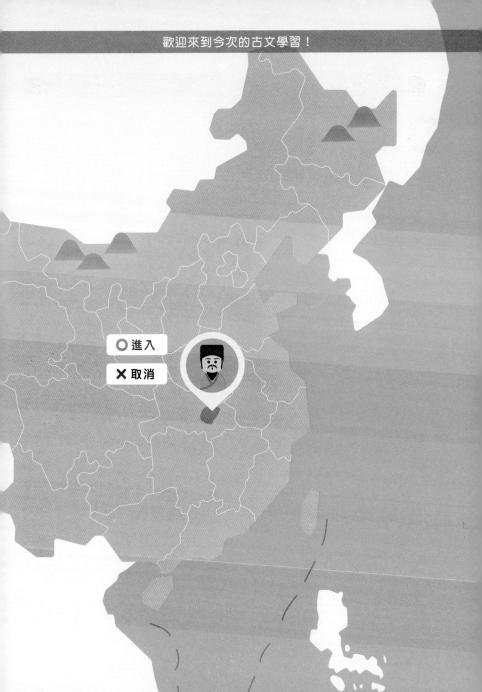

進入

取消

原文

記承天寺夜遊　蘇軾

　　元豐[1]六年十月十二日，夜，解衣欲睡[2]，月色入戶[3]，欣然起行。念[4]無與為樂者[5]，遂至承天寺，尋張懷民。懷民亦未寢[6]，相與[7]步於中庭。

　　庭下[8]如積水空明[9]，水中藻、荇[10]交橫[11]，蓋竹柏影也。

　　何夜無月？何處無竹柏？但少閑人[12]如吾兩人者耳。

【注釋】

1. 元豐：宋神宗年號。

2. 解衣欲睡：脫去外衣準備睡覺。

3. 月色入戶：月光透過門窗照進來。

4. 念：考慮。

5. 與為樂者：可分享快樂的人。

6. 寢：睡覺。

7. 相與：一起。

8. 庭下：庭院中。

9. 如積水空明：月光皎潔，照到地上像積滿水似的清澈透明。

10. 藻荇：兩種水草名。荇：粵 hang6（杏）；普 xìng。

11. 交橫：縱橫交錯。

12. 閑人：指不追求名利而具有閑情逸致的人。「閑」通「閒」。

何巧敏說：「我們馬上請《小學生古文遊》的網絡主持人宋導師來指導吧。」說着，她按下一個電子鍵，宋導師出現在眼前。

宋導師點頭道：「歡迎來到北宋黃州的承天寺遊覽，請看！」

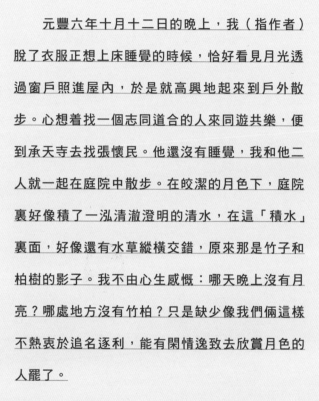

　　元豐六年十月十二日的晚上，我（指作者）脫了衣服正想上床睡覺的時候，恰好看見月光透過窗戶照進屋內，於是就高興地起來到戶外散步。心想着找一個志同道合的人來同遊共樂，便到承天寺去找張懷民。他還沒有睡覺，我和他二人就一起在庭院中散步。在皎潔的月色下，庭院裏好像積了一泓清澈澄明的清水，在這「積水」裏面，好像還有水草縱橫交錯，原來那是竹子和柏樹的影子。我不由心生感慨：哪天晚上沒有月亮？哪處地方沒有竹柏？只是缺少像我們倆這樣不熱衷於追名逐利，能有閑情逸致去欣賞月色的人罷了。

唐向文說：「我還想請教宋導師，我們都聽說過蘇軾，他的生平事跡和文學成就是怎樣的呢？」

小寶典

蘇軾（公元 1037 — 1101 年），字子瞻，號東坡居士，眉州眉山（今四川省眉山縣）人，宋仁宗嘉祐二年（公元 1057 年）進士。

蘇軾和父親蘇洵、弟弟蘇轍，都是有名的散文家，世稱「三蘇」，同在「唐宋八大家」之列。此外，蘇軾在詩、詞、賦、書法等各方面都有傑出的成就，作品視野廣闊，風格豪邁，個性鮮明，意趣橫生，是中國古代偉大的文學家之一。

本文是蘇軾被貶黃州時所作。蘇軾因和王安石政見不合，元豐二年（公元 1079 年），被貶為黃州團練副使，在官銜上還加上「本州安置」的字樣，表示不得參與公事，事實形同流放。元豐六年（公元 1083 年），他的朋友張懷民也被貶來黃州，暫寄住於承天

寺（在今湖北省黃岡縣南）。十月十二日，蘇軾夜訪張懷民，本文便是記述這一晚的情形。

看了以後，何巧敏和唐向文一起說：「謝謝宋導師指教！」

宋導師說：「不用謝。你們還要繼續留意學習，以下，我給大家一些小小的提示。」

小提示

這篇文章的體裁屬於隨筆，描寫作者在月夜漫步的孤獨心境，透過晚上所見的獨特景致，表達了不為俗世名利所困，瀟灑超脫的閒情逸致。這是一篇隨筆小品文，作者有如閒話家常，娓娓道來，沒有甚麼深奧奇警之處，但卻給人感覺寫得「真」和「美」。

　　作者寫這篇文章的時候，在仕途上不得志，被貶到黃州，但這篇美文，正好反映出他豁達的人生觀和不迷戀名利，享受自然的超然品格。然而，從文章中也可看出作者複雜微妙的感情，被貶的悲涼，獨居的孤單，尤其是作者自比「閒人」，更別有一種意味。

　　全文總共只有八十三個字，作者用極為簡潔的文筆，把敍事、寫景、抒情緊密結合，勾勒出一幅優美的夜遊圖。本文開篇便點出夜遊的日期、時間、人物和原委。誘人的月色穿窗入戶而來，引起作者「起行」賞月的興致。「欣然」二字，寫出作者內心的喜悅。接着他僅以簡單幾筆，便將月色之美描繪出來。他用「積水空明」比喻月色，用「藻荇交橫」比喻月下竹柏的影子，巧妙而真實。文章擺脫一般描繪月色的方法，不作諸般形容，只淡淡幾筆，更顯得清新、雋永，富有詩意。

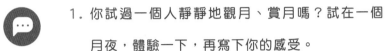

1. 你試過一個人靜靜地觀月、賞月嗎？試在一個月夜，體驗一下，再寫下你的感受。

2. 和同學們交流一下，如果夜晚獨自在家，會做些甚麼事情？

3. 你有在中秋節時到公園賞月的經驗嗎？你認為欣賞月色美景，應處身在一個怎樣的環境和氣氛下才能盡情享受呢？

小分享

古文遊準備出發！

　　這個星期天上午，何巧敏和唐向文在老地方依約見面，要出發去新的「古文遊」旅程。

　　「我聽說這次的目的地，是著名的長安古都啊！那裏又會有甚麼有趣故事等着我們呢？快拿出你的《小學生古文遊》電子書來看看吧。」

　　唐向文催促道。

　　何巧敏笑着拿出電子書，打開了，說：「你別急，好好讀吧。這個故事，和我們的『老朋友』們關係不淺呢！」

第四遊——北宋長安

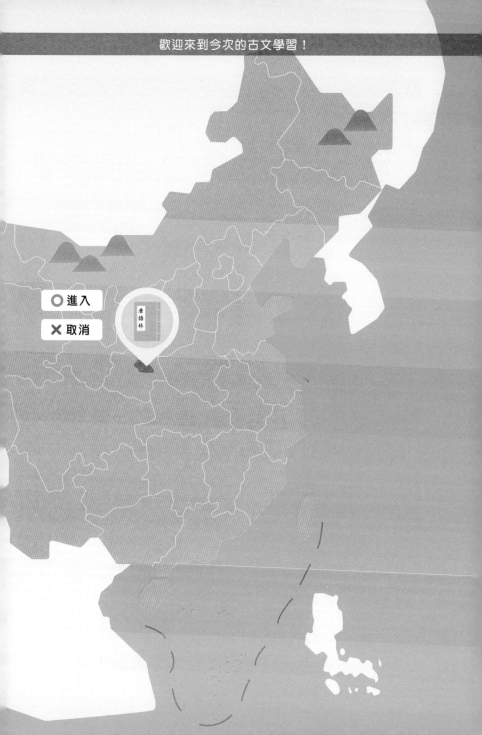

○ 進入
✕ 取消

唐語林

口鼻眼眉爭辯　《唐語林》

原
文

　　口與鼻爭高下。口曰:「我談古今是非,爾[1]何能居我上?」鼻曰:「飲食非我不能辨[2]。」眼謂鼻曰:「我近鑒毫端[3],遠察天際,惟我當先[4]。」又謂眉曰:「爾有何功居我上?」眉曰:「我雖無用,亦如世[5]有賓客,何益[6]主人?無即不成禮儀[7]。若無眉,成何面目[8]?」

唐
語
林

【注釋】

1. 爾:你。

2. 不能辨:不能辨別氣味。

3. 毫端:細毛的尖端,此處指最細微的東西。

4. 當先:應處在首位。

5. 世:世俗,這裏指一般日常應酬。

6. 益:用處。

7. 禮儀:為表隆重而舉行的儀式。

8. 面目:樣子。

看完以後，唐向文問：「這是一個和人的五官有關的故事吧？應該怎樣用現代語言解讀呢？」

何巧敏說：「我們馬上請《小學生古文遊》的網絡主持人宋導師來指導吧。」

宋導師點頭道：「歡迎來到北宋的長安遊覽，請看！」

今讀

口與鼻子爭論誰的功用大。

口說：「我能談論古今大事，斷言人間是非，十分有用。鼻子不應該在我上面。」

鼻子反駁：「我能以嗅覺辨別食物的各種氣味，功勞很大。」

眼睛聽了，不甘示弱，也加入辯論，說：「近能看見最細微的東西，遠能望到無盡的天際，唯有我才能做到，所以我最應該居於高位。」

繼而，它又心中不忿地責問眉毛：「你何德何能，居然在我的上面？」

眉毛淡然回答道：「我雖然沒有甚麼大的用處，但就像世俗應酬中送往迎來的賓客，對於主人雖然沒有用處，但要是沒有賓客，那麼各種禮儀風俗就不存在了。如果人們沒有眉毛點綴美化的話，臉孔會變成甚麼樣子呢？」

唐向文說：「哈！我明白了，謝謝宋導師！這篇文章寫得真有趣！」

何巧敏說：「我還想請教宋導師，這篇文章的作者王讜是個甚麼樣的人？《唐語林》是甚麼樣的著作呢？」

小寶典

　　王讜（生卒年不詳），字正甫，長安（今陝西省市西安）人，約為崇寧、大觀（宋徽宗年號）間人，曾入蘇軾門下。他仿《世說新語》體例，著《唐語林》十卷，全書選錄唐代至宋代初五十種筆記、雜史，分門記述，共五十二門。內容多為唐代歷史、政治、文學等遺聞軼事，可與新舊《唐書》互相參證。書中所引用史書，後多散失，所以《唐語林》也有保存史料之功。本文節錄自《唐語林》。

宋導師等大家看完以後說:「以下,我再給大家一些小小的提示。」

小提示

　　這篇文章寫的是一個十分有趣的寓言故事,記述人臉上幾個器官的爭執。作者用擬人法,把口、鼻、眼、眉人格化,演出了一場生動的小鬧劇。口、鼻、眼的自誇蠻橫可笑,和世上一些爭強好勝者的嘴臉極為相似。眉的回敬從容不迫而又在情在理,自認只是襯托,但沒了它亦不成樣子,「若無眉,成何面目」一句足以讓口鼻眼等無言而對,作出反省。

　　這個寓言故事至今依然具有正面的寓意。就如同人的臉上有口、鼻、眼、眉一樣,在我們共處的世上,也有着各種各樣的社會分工,其中雖然會有千差萬別,每個人所起的作用都不一樣,卻沒有高

低貴賤之分。大家都應該團結起來，互相協作、共同努力，才能讓生活更加美好和幸福。

小分享

1. 你習慣用左手還是右手？你感覺有甚麼分別？如何協調？

2. 你認為自己的手指之中，哪一隻最有用？若沒有了其中一隻手指，你會怎麼樣？

3. 學校中有不同崗位的人，校工好像跟課程教學沒有關係，但若沒有他們，學校會變成甚麼樣子？

古文遊準備出發！

　　這個星期天上午，唐向文在公園裏見到何巧敏就問：「我們這次的古文遊，要去哪裏呢？」

　　何巧敏拿出電子書，打開了，說：「你看看這一篇文章吧，看的時候，一定要用心地讀，認真地讀啊！」

　　於是唐向文全神貫注地看起上面顯示的文字⋯⋯

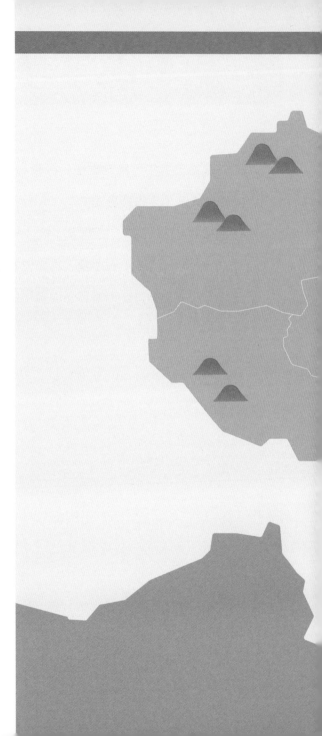

第五遊——南宋徽州婺源

〇 進入
✕ 取消

原文

熟讀精思　朱熹

　　凡讀書，須整頓几案[1]，令潔淨端正，將書冊齊整頓放[2]，正[3]身體，對書冊，詳緩[4]看字，仔細分明讀之。須要讀得字字響亮，不可誤一字，不可少一字，不可多一字，不可倒[5]一字，不可牽強[6]暗記[7]，只是要多誦數遍，自然上口[8]，久遠不忘。古人云：「讀書千遍，其義自見[9]。」謂讀得熟，則不待解說[10]，自曉其義也。余嘗[11]謂，讀書有三到，謂心到、眼到、口到。心不在此，則眼不看仔細，心眼既不專一，卻只漫浪[12]誦讀，決不能記，記亦不能久也。三到之中，心到最急[13]。心既到矣，眼口豈不到乎？

【注釋】

1. 几案：桌子。几：⑧ gei1（基）；⑱ jǐ。

2. 頓放：擺放。

3. 正：用作動詞，使（身體）端正不偏斜。

4. 詳緩：審慎緩慢。

5. 倒：顛倒。

6. 牽強：勉強。

7. 暗記：暗暗地記誦。

8. 上口：指誦讀詩文等純熟時，能順口而出。

9. 其義自見：其中道理自然顯現出來。見：⑧ jin6（現）；⑱ xiàn。顯現。見是「現」的使動詞。

10. 解說：註解說明。

11. 嘗：曾經。

12. 漫浪：隨便散漫。

13. 急：要緊，急迫。

唐向文問：「這一篇是和讀書有關的文章吧，應該怎樣用今天的語言解讀呢？」

何巧敏說:「我們馬上請《小學生古文遊》的網絡主持人宋導師來指導吧。」

「歡迎來到南宋徽州婺源遊覽,請看!」

今讀

但凡讀書,必須把書桌收拾整潔,擺放得端端正正,然後把書本放得整整齊齊,坐直身體,細細誦讀,不可顛倒錯漏,也不要死記硬背。讀書百遍,其中的道理便會漸漸顯現出來。明白這些道理後,過了很長時間也不會忘記。讀書最關鍵的地方是要「三到」,即:眼到、口到、心到。

倘若心不在焉，則眼看得不仔細。心和眼既然不專一，散漫地誦讀，一定不會記得讀過甚麼，即使記得，記憶也不會持續很久。所以「三到」之中，「心到」最為重要。心思專注到讀書上去，眼和口自然能配合，這樣讀書也就會有所收穫。

何巧敏說：「宋導師，我還想瞭解一下，這篇文章的作者朱熹是個甚麼樣的人。」

小寶典

朱熹（公元 1130─1200 年）字元晦，號晦庵，別稱紫陽先生，徽州婺源（今屬江西省）人，南宋理學家。他的思想，以「天理」為哲學的最高範疇，倡導「存天理，去人慾」。基於這一道德哲學，

他對古代文化典籍重新作了系統的整理和解釋，他所編撰的《四書章句集注》《詩集傳》等，是後來中國讀書人應考必讀之書，影響中國七百餘年。他的思想對日本、朝鮮等國亦有深遠影響。他是很有文學修養的學者，詩和散文都有很高的成就。

本文選自《朱子語類》卷十。《朱子語類》是南宋黎靖德所編，輯錄了朱熹與門人問答之語，全書共一百四十卷。

看了以後，何巧敏和唐向文一起說：「謝謝宋導師指教！」

宋導師揮揮手，說：「不用謝。你們還要繼續留意學習，以下，我給大家一些小小的提示。」

「熟讀精思」是大學問家朱熹總結、談論讀書的方法，旨在點明讀書必須心無旁騖，眼、口、心三到，才能真正理解書中的道理。

本文分三個階段進行論述。首先，是在讀書前作準備；接着就是講熟讀的要求和意義。

所謂精思，就是指多思考、常思考、善思考。讀書和思考，是學習過程中不可或缺、不能分割的。只讀不思，那是死讀，即使把書的內容背下來，也不是自己學到的東西，更不會學以致用。但如果光思不讀，只是空想，結果還是一事無成。「心到、眼到、口到」這「三到」，高度概括了熟讀和精思的緊密關係。

作者介紹讀書和思考方法時循循善誘，在文中十分仔細詳盡地指導和說明，由淺入深，層層推進，十分透徹。而作者的行文、語氣有如一位嚴格而又慈藹的師長，令人信服。現代的學習策略，講求的是多元化的綜合學習方式，也就是運用多種感官的學習效能，以增進學習的速度，增長記憶的時

間，增強記憶的正確性，以達至高效率的學習。原來早在南宋，朱熹就提出讀書的「三到」要訣，眼看作品，口中或讀或誦或吟，作品文字所顯示的意義和作品語言所具有的聲音，分別作用於我們的眼睛和耳朵，我們的情感會被聲音所激起，同時我們的思維——理解和想像——開始活躍起來，依據視覺、聽覺和聯合感覺所提供的意象，憑藉平時累積的各種知識和體驗，喚起了強烈而深刻的記憶，對學習絕對有極佳、極大的幫助。現代的學習策略與此也是一脈相承的。

小分享

1. 你是以甚麼姿態上課和做功課的？和朱熹提出的要求有甚麼相同和不同之處？

2. 你做功課和溫習時有做到眼到、口到、心到嗎？讀過本文後，你會怎樣改進？

3. 今天求取學問，講求「實踐」「學以致用」「生活體驗」等，那麼你認為還要加哪些「到」才行呢？為甚麼？

　　這個星期天上午，何巧敏和唐向文在老地方依約見面，要出發去新的「古文遊」旅程。

　　「你知道中國古代的讀書人要參加科舉考試吧？」何巧敏問。

　　「啊，我們要去古代的考場嗎？一聽到考試，我就頭痛的了！」唐向文皺起眉頭。

　　「不是的，我們今天要看一個關於考試的有趣故事，你看了就知道了。」

　　何巧敏打開電子書，唐向文看着電子屏幕顯示出來的文字，讀了起來──

第六遊——南宋蘇州

原文

名落孫山　范公偁[1]《過庭錄》

孫山，滑稽[2]才子也。赴舉[3]時，鄉人說以子偕[4]往。榜發，鄉人子失意，山綴榜末[5]先歸。鄉人問其子得失，山曰：「解名[6]盡處是孫山，賢郎[7]更在孫山外。」

過庭錄

【注釋】

1. 偁：⟨粵⟩ cing1（稱）；⟨普⟩ chēng。

2. 滑稽：能言善辯，幽默風趣。

3. 赴舉：參加舉人考試，即鄉試。

4. 偕：同，一起。

5. 山綴榜末：孫山的名字寫在錄取榜的最後。綴：結、掛。

6. 解名：鄉試錄取的名單。

7. 賢郎：對別人兒子的尊稱。

唐向文看完了，說：「『名落孫山』這個成語很有名啊！要如何解讀關於這個成語的故事呢？」

何巧敏說：「我們馬上請《小學生古文遊》的網絡主持人宋導師來指導吧。」說着她按下一個電子鍵，宋導師出現在眼前。

宋導師點頭道：「歡迎來到南宋的蘇州遊覽，請看！」

今讀

　　宋朝的時候，蘇州有一個名叫孫山的書生，他不但能言善辯，而且很幽默。有一次，他和一個同鄉的兒子一同去參加科舉考試。結果，那位同鄉的兒子沒有考上。孫山雖然考中，卻是最後一名。孫山先回家，鄉人就來問兒子的情況。他告訴鄉人：「榜上的最後一個名字是孫山，令公子的名字更落在孫山的後面了！」

　　何巧敏說：「原來『名落孫山』這個成語就是出自這篇文章。宋導師，我還想瞭解一下，這篇文章的作者范公偁是個甚麼樣的人，《過庭錄》是一部甚麼樣的著作呢？」

小寶典

范公偁（生卒年不詳），約南宋高宗紹興中前期在世，蘇州吳縣（在今江蘇省蘇州市郊）人。他是北宋著名政治家范純仁的曾孫，范仲淹的重孫。生平事跡不可考，留有筆記體著作《過庭錄》一卷，多記述祖德，但沒有多少溢美之詞，被後人稱有祖上淳實的遺風。書中也有涉及當時一些詩文雜事。本文選自《過庭錄》其中一節。

宋導師揮揮手，說：「以下，我再給大家一些小小的提示。」

小提示

這篇文章寫的是一個表現日常生活智慧的故事：有「滑稽才子」之稱的孫山自己中舉，但同行的人卻沒有考上。那人的父親來打聽兒子的情況，這個問題真不好回答，因為如果直接回答，一方面叫人難堪，另一方面又怕人誤會自己自鳴得意。但孫山自有他的辦法，他隨口謅了兩句詩：「解名盡處

是孫山，賢郎更在孫山外」，算做回答。孫山的名字既然排在榜末，落在他的後面，當然是沒有被錄取。這樣就把「令郎落第」這一刺激的答案用含蓄的方法說了，既不會顯得自己能考上而沾沾自喜，又把事實說出來，孫山果然不愧是「滑稽才子」。

此文的篇幅十分短小，作者卻用簡潔的語言，將故事情節描寫得得曲折有致。故事的趣味性雖然集中體現在最後一句，之前的文字卻句句必要，無一處是閑筆。這個故事後來流傳很廣，「名落孫山」這個成語就出自文章最後的兩句，用來比喻考試落第。

小分享

1. 你喜歡看幽默故事和笑話嗎？搜尋有關中、外幽默大師的故事，談一談你的讀後感。

2. 你曾否經歷過一件尷尬的事情，最後通過幽默的方法去解決？說說你的經驗。

3. 和同學們一起看看喜劇電影，試談一下可以怎樣培養幽默感？大家相互討論交流。

古文遊準備出發！

　　這個星期天上午，唐向文在海邊長廊見到何巧敏，他們一邊散步一邊吹着海風，唐向文問：

　　「我們這次的古文遊，要去甚麼地方呢？」

　　何巧敏拿出電子書，說：「我們今天要去看非常壯觀的潮水，這是住在海邊的香港人都很少見到的奇觀呢！」

第七遊──南宋浙江

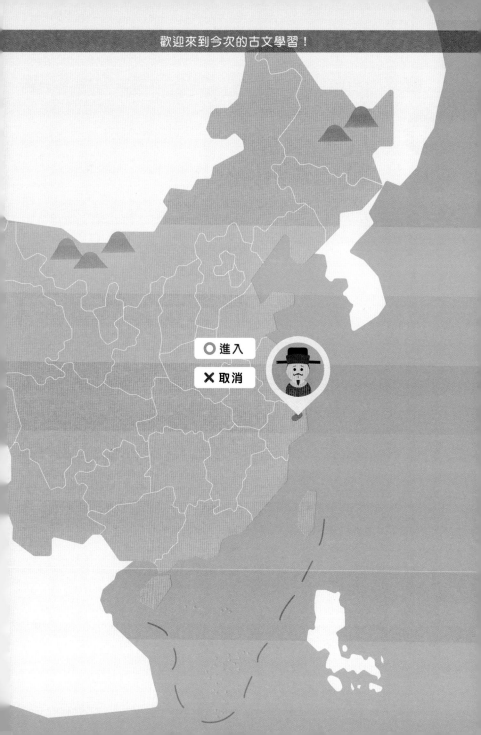

原文

浙江¹之潮　周密《武林舊事》

　　浙江之潮，天下之偉觀²也。自既望³以至十八日為最盛。方其遠出海門⁴，僅如銀線⁵，既而漸近⁶，則玉城雪嶺⁷，際天而來⁸，大聲如雷霆，震撼激射⁹，吞天沃日¹⁰，勢極雄豪。楊誠齋¹¹詩云：「海湧銀為郭¹²，江橫玉繫腰¹³」者是也。

【注釋】

1. 浙江：即錢塘江。
2. 偉觀：雄偉的景象。
3. 既望：陰曆每月十六日。陰曆十五日稱「望」，次日稱「既望」。每年陰曆八月十六日至十八日，是錢塘江觀潮的最好時機。
4. 方其遠出海門：當它（潮水）遠遠從海門湧出的時候。方：當……的時候，正值。海門：在今浙江省臨海縣東南，為錢塘江入海口，海水從這裏倒灌入江。

5. **僅如銀線**：僅僅像一條銀色的線。

6. **既而漸近**：過了一會兒，（潮水）漸漸靠近。**既而**：表示時間的遞進。

7. **玉城雪嶺**：此語用城、嶺比喻潮水的壯偉；用玉、雪比喻潮水的顏色潔白。

8. **際天而來**：潮水從天邊奔湧而來。**際天**：連接天邊。

9. **震撼激射**：形容潮聲巨大，震撼天地；潮勢洶湧，激射出既高且大的浪濤。

10. **吞天沃日**：形容潮勢兇猛，像要淹沒天日。**沃**：澆灌，這裏引申為淹沒。

11. **楊誠齋**：即南宋詩人楊萬里，誠齋是他的號。

12. **海湧銀為郭**：海水洶湧，就像堆起銀光閃閃的城郭。**郭**：外城，這裏泛指城。

13. **江橫玉繫腰**：潮水升起，翻起雪白的浪頭，就像給錢塘江繫上了一條白玉製成的腰帶。

宋導師見大家看完古文，點頭道：「歡迎來到南宋錢塘江遊覽，請看！」

錢塘江的潮水是天下雄偉的景觀。陰曆的十六日到十八日是潮水最盛大的時候。潮水從海門出來，起初只像一根銀色的絲線。過了一會兒，潮水漸漸靠近，愈堆愈高，就像白玉造的城牆和積雪的山嶺一樣，從水天交接處洶湧而來。它的聲音大得像轟轟的雷鳴，震動搖撼着大地；它來勢洶洶，沖激噴射出一股股浪花，像是要遮蔽天空，淹沒太陽一般，氣勢極為雄壯。南宋詩人楊萬里曾經有詩句描寫這個場面，他形容潮水升起，就像堆起銀光閃閃的城郭；浪頭翻滾，雪白的浪花就像給錢塘江繫上了一條白玉製成的腰帶。

唐向文說：「錢塘江大潮真是壯觀啊！謝謝宋導師！」

何巧敏說：「宋導師，我還想瞭解一下，這篇文章的作者周密是個甚麼樣的人，有些甚麼文學成就呢？」

小寶典

周密（公元 1232 — 1298 年），號草窗先生，南宋吳興（今浙江省湖州市）人。宋亡前曾任縣令。以寫詞著稱，詞風典雅清麗，是宋末格律詞派重要代表，有《草窗集》傳世。他博學多聞，交遊甚廣。南宋滅亡後，他專心收集整理故國文獻，著有《武林舊事》《齊東野語》等書。

本文選自《武林舊事》卷三。該書追憶南宋都城杭州故事，涉及南宋的典章制度、杭州山川、風俗、市肆等方面，共十卷。

看了以後，何巧敏和唐向文一起說：
「謝謝宋導師指教！」

宋導師揮揮手說：「不用謝。你們還要繼續留意學習，以下，我給大家一些小小的提示。」

小提示

這篇文章是南宋著名文學家周密的經典作品。通過描寫作者親眼目睹錢塘江大潮來前、大潮來時、潮頭過後的景象，以及觀潮的盛況，把自然美景和人情動態巧妙地結合在一起，又用生動而精煉的筆墨，高度讚美錢塘江大潮奇特、宏偉、壯麗的景觀，令讀者有如身歷其境，具有很強的現場感。

錢塘江的入海處，江口呈喇叭狀，寬闊處過百

里，狹窄處僅十里。海水漲潮時，形成倒灌。由於江口有巨大的攔門沙坎，又有狹窄江道的約束，潮水湧進時，勢必會沖天而上，後浪追逐前浪，一浪未息，一浪又起，形成排山倒海的氣勢，景象十分壯觀。農曆八月十六日到十八日，是錢塘江觀潮的最佳時期。觀潮之風，在宋代已十分盛行，文人墨客題詠不絕。周密這一小節文字，把雄偉的江潮描寫得十分精彩。

本文層次清晰地記述了錢塘潮的壯大聲勢。首先概括點出浙江潮是天下難得的雄偉景觀，以總領全文，跟着由遠及近，詳細鋪述潮水形成過程中的各個場面。最後作者引用著名詩人楊萬里的詩句加以佐證，足見所記並非虛言。

作者運用了形象的比喻來描寫潮水。如寫潮水的形態，使讀者如見浪花，如聞濤聲。作者還用了誇張的手法，如「震撼激射，吞天沃日」，寫出浙江之潮聳人耳目的氣勢，把潮漲的壯麗圖景，逼真地表現出來。

小分享

1. 你到過錢塘江觀潮嗎？如果沒有，可以上網搜索相關視頻，談一談你的觀後感。

2. 香港的海邊每逢颱風季節，都會有大湧浪，看看以往的紀錄片或是新聞片，再和本文比較一下，說一說兩者的異同。

3. 「潮水」為甚麼在陰曆十六至十八最為盛大？試結合常識科所學和生活經驗談一談。

4. 搜尋有關描寫江湖海浪的文章文字，與本文作比較，寫下你的看法。

又到了星期天的上午，唐向文來到何巧敏家裏，見到她正在給朋友寫信。

「現在大家都發電郵和 WhatsApp 溝通，手寫信真少見哩。」唐向文說。

「我覺得給朋友寫東西，有一種特別的親近感，我們今天的古文遊，也和文人寫給朋友的文章有關係呢。」說着，何巧敏便打開電子書，遞給唐向文，唐向文看着電子屏幕顯示出來的文字，讀了起來——

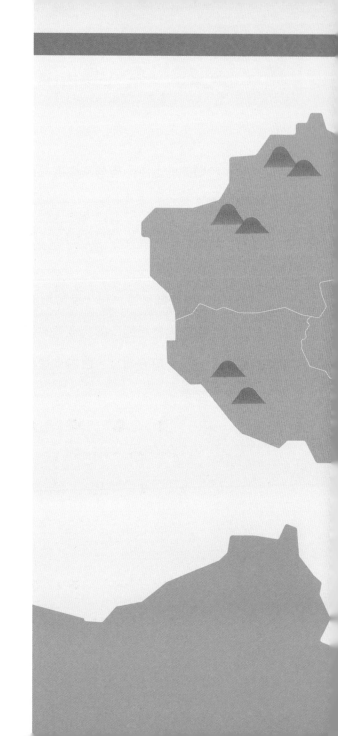

第八遊——明代南京

〇 進入

✕ 取消

原文

送東陽馬生[1]序（節錄）　宋濂

　　余幼時即嗜學[2]。家貧，無從致[3]書以觀。每假借於藏書之家，手自筆錄，計日以還[4]。天大寒，硯冰堅[5]，手指不可屈伸，弗之怠[6]。錄畢，走送之[7]，不敢稍逾約[8]。以是[9]人多以書假余，余因得遍觀羣書。既加冠[10]，益慕聖賢之道。又患[11]無碩師[12]、名人[13]與遊[14]，嘗[15]趨[16]百里外，從[17]鄉之先達[18]執經[19]叩問[20]。先達德隆望尊[21]，門人弟子填[22]其室，未嘗稍降[23]辭色[24]。余立侍左右，援疑質理[25]，俯身傾耳[26]以請。或遇其叱咄[27]，色愈恭[28]，禮愈至[29]，不敢出一言以復[30]。俟[31]其欣悅，則又請焉。故余雖愚，卒獲有所聞[32]。

【注釋】

1. 生：對讀書人的通稱。

2. 嗜學：愛好學習。

3. 致：得到。

4. 計日以還：約定日期歸還。以：而。

5. 硯冰堅：硯池中的墨汁凍成了堅冰。硯：（粵）jin6（彥）；（普）yàn。

6. 弗之怠：不因此而停止。之：代詞，此處指「天大寒……手指不可屈伸」這事。怠：懶惰，鬆懈。

7. 走送之：趕緊把書送還人家。之：代詞，此處指「書」。

8. 逾約：違背原來的約定。

9. 以是：因為這樣。

10. 加冠：指二十歲時。古時男子二十歲時舉行加冠禮，表示已經成年。冠：把帽子戴在頭上。動詞讀去聲（四聲），如「冠禮」。本句「冠」前有「加」字，故冠字不作動詞用，仍讀如名詞的平聲（一聲）。

11. 患：憂慮，擔心。

12. 碩師：學問淵博的學者、大師。碩：大。

13. 名人：有學問的著名人物。

14. 與遊：跟他們交往從而學習。

15. 嘗：曾經。

16. 趨：快步走，這裏是「前往」的意思。

17. 從：跟隨。

18. 先達：有聲望的前輩。

19. 執經：拿着經典。

20. 叩問：詢問，請教。

21. 德隆望尊：品德高尚、聲望很高，與「德高望重」意思相同。

22. 填：擠滿。

23. 稍降：稍稍和緩。

24. 辭色：說的話和說話時的神態。

25. 援疑質理：提出疑難，詢問道理。

26. 俯身傾耳：身體稍向前傾，側着耳朵，表示謙恭地準備聆聽指導。

27. 叱咄：訓斥。咄：（粵）deot1（丁出切）；（普）duō。

28. 色愈恭：態度更加恭敬。

29. 禮愈至：禮貌更加周到。

30. 復：回答，這裏是「回嘴」的意思。

31. 俟：（粵）zi6（自）；（普）sì。等到。

32. 卒獲有所聞：最終還是得到不少教益。卒：終於。

何巧敏說:「我們請《小學生古文遊》的網絡主持人宋導師來解讀這篇文章吧。」說着,就按下一個電子鍵,宋導師出現在眼前。

宋導師點頭道:「歡迎來到明代的南京遊覽,請看!」

今讀

我(指作者)年幼時就很愛學習,但因為貧窮,沒有辦法買書,只好常向人家借閱,親手抄寫,計算着約定的日子到期歸還。在寒冬裏,即使硯裏的墨汁變成堅冰,手指凍僵了,仍然堅持抄寫,不敢懈怠。書抄完就急忙送還人家,

不敢超過約定的日期。因此人們大多願意借書給我，我能夠閱讀各種各樣的書籍。成年以後，我更加仰慕聖賢的學說，但又擔心沒有大師、名人指點，曾經趕到百里以外向同鄉前輩請教。前輩德高望重，態度嚴肅，學生擠滿一屋子。我站在他旁邊，找着機會便虛心向他請教，提出疑難，詢問道理，並且謙恭地俯身側耳等他回答；即使遭到他訓斥也不回嘴，反而更加恭敬更加有禮。待他高興了然後又向他請教，所以我雖然天資愚鈍，最終還是得到不少教益。

唐向文說：「這是一篇向朋友講述自己故事的文章啊，我明白了，謝謝宋導師！」

何巧敏說：「宋導師，我還想瞭解一下，這篇文章的作者宋濂是個甚麼樣的人，有些甚麼文學成就呢？」

小寶典

　　宋濂（公元 1310－1381 年），字景濂，浙江浦江人。元末隱居龍門山著書授徒。明朝初年，接受明太祖徵聘，曾任太子侍講經師、《元史》修撰總裁等官職。他是明初開國文臣之首，名馳國內外，備受尊崇，對當時文壇影響甚大，被視為「一代之宗」；甚至高麗、安南、日本等國使者亦紛紛出重金購買他的文集。他的散文以簡潔明快、詳略有致見長。傳世著作有《宋學士集》等。

　　「序」是唐朝初期形成的一種文體，有臨別贈言的性質，內容多是勉勵、推重、讚許等。宋濂辭官後，晚年進京，南京國子學學生馬君則以晚輩的身份來拜見。馬君則好學，態度謙和，宋濂對他很有好感。後來他要回鄉省親，於是宋濂寫了《送東

陽馬生序》送給他。「東陽」（今浙江省金華縣）與宋濂的家鄉「浦江」當時同屬金華府。因馬君則為作者同鄉後輩，所以宋濂以同鄉前輩的身份，在文中現身說法，以自己為學之難及至終有所成的經歷，來勉勵學習條件優越得多的太學生。這裏節選自《送東陽馬生序》的第一節。

小提示

這是明朝的文學家宋濂給他的同鄉晚生馬生寫的序文，內容是敍述他自己勤苦學習、虛心求教的親身經歷，充分說明學業能否有所成就，主要在於主觀努力，而非天資的高下和條件的優劣，以此勉勵後輩珍惜良好的讀書機會，專心治學。文章用詞婉轉，平易近人，具有很強的說服力和感染力。

虛心好學，發憤讀書，這是古今許多有成就的人的共同特點。作者先從自身講起，全靠「嗜學」之心，才能克服困難的堅強意志。

文中層層展現作者堅毅的學習態度：以「得書」和「從師」兩個事例，具體述說年輕時求學的艱

難。文中先寫得書之難：作者家貧無書、借書、抄書，直到「遍觀羣書」，其間付出不少辛勞。從藏書之家借來的書，要「手自筆錄，計日以還」。他特別描寫嚴寒天氣下堅持抄書讀書的情節，以顯示出他學習的刻苦和頑強。自己在「遍觀羣書」後，並不沾沾自喜，而是對自己提出更高要求：「益慕聖賢之道」。為了追求學問，他不辭勞苦到百里外追尋名師。作者具體寫出求教的不易：不僅要恭順、忍耐，而且還要善於察言觀色，以便抓緊機會聽到名師的片言隻字，其間又有多少辛酸。但積少成多，「卒獲有所聞」。登門求教種種情況的記敘，既寫出向人請教的不易，也表現了作者虛心學習、好學不倦的學習態度。作者抓住典型事例並用層層遞進的手法，把求學過程的艱辛寫得極為真切，感人至深。

本節文字以敘述為主，沒有大段的說理，反而有許多不同情境的細膩描寫，體現作者求學之心。

這節文字結構雖然簡單，但聯繫緊密；文字明淨，筆調流暢，語氣親切，娓娓道來，是長輩對後輩的循循善誘。今天的學生，學習的環境和條件都比作者優越，讀完了這節文字之後，從中應該得到一定的啟發。

小分享

1. 搜尋歷史上名人的苦學事跡，再和同學討論一下你們各有甚麼看法。

2. 宋濂認為求學最重要的是「用功」和「謙虛」，你同意嗎？為甚麼？

3. 你認為宋濂的求學態度，在當今有甚麼是值得繼續保持和發揚的呢？把你的意見寫下來。

4. 看完本文後，你覺得自己所持的求學態度有甚麼需要改進的地方？準備如何改進？試訂一個小計劃。

古文遊準備出發！

這個星期天上午，唐向文在公園裏見到何巧敏。

「我們這次的古文遊，要向哪裏出發呢？上次我們學到了一些古人學習的方法，這次也想再從古文世界獲得一些教導呢。」唐向文說。

何巧敏拿出電子書，啟開了，說：

「那麼你看看這一篇文章吧。」

唐向文全神貫注地看着上面顯示的文字，讀了起來——

第九遊——明代太平縣

⭕ 進入

❌ 取消

勉諭兒輩

原文

勉諭兒輩[1]　周怡

「由儉入奢易，由奢入儉難[2]。」飲食衣服若思[3]得之艱難，不敢輕易費用[4]。酒肉一餐，可辦[5]粗飯幾日；紗絹一匹，可辦粗衣幾件，不饞[6]不寒足矣，何必圖好吃好着？常將有日[7]思無日，莫等無時思有時，則子子孫孫常享温飽矣。

勉諭兒輩

【注釋】

1. 勉諭兒輩：勸勉教諭子姪一輩的人。

2. 「由儉」二句：語出《司馬光家訓》。入：轉入。

3. 思：考慮到。

4. 費用：花費使用。

5. 辦：置備、採購。

6. 饞：粵 caam4（蠶）；普 chán。貪吃。

7. 有日：有衣食之日。後文「無日」「有時」「無時」意思類此。

唐向文看完了，說：「我想聽一聽宋導師對這篇古文的解讀呢。」

宋導師點頭道：「好吧！首先歡迎來到明代的太平縣遊覽！」

今讀

生活原來儉樸，後來變得奢侈，這很容易適應；可是奢侈慣了，再要過儉樸的生活就很困難了。如果吃飯穿衣時，想到食物、衣服得來不易，那麼就不會輕易浪費。置一頓好酒好肉的費用可以抵上幾天的家常飯菜；用一匹絲綢的價錢

可以做幾件普通衣服，無論吃甚麼、穿甚麼，能果腹，能保暖就可以了，何必要貪圖吃好、穿好呢？要是能在不愁衣食的時候未雨綢繆，子子孫孫就會永保溫飽了。

何巧敏說：「宋導師，我還想瞭解一下，這篇文章的作者周怡是個甚麼樣的人呢？」

小寶典

周怡（公元 1505 — 1569 年），字順之，號訥溪，明代太平縣（在今安徽省黃山市）人。嘉靖十七年（公元 1538 年）進士，官至太常少卿。他以敢言直諫著稱，曾多次上疏彈劾權臣嚴嵩等人。

宋導師接着說：「你們還要繼續留意學習，以下，我給大家一些小小的提示。」

小提示

　　這是明朝進士出身、曾任官員的周怡教導後輩的文章。中國人非常注重家庭教育，在長期的生活實踐中，古人積累了大量的治家經驗，希望子孫們世代遵守，以保長久的幸福安寧。周怡在這裏所談的是「奢」與「儉」的關係問題。

　　希望過豐裕的生活是人之常情，所以作者首先從生活中「儉」與「奢」的轉換上給兒輩們警示：從儉樸生活轉入奢侈享受是很容易適應的，但過慣了奢華的生活而要回頭過儉樸的生活，那就很困難了。讀者可以想見，在周怡的督導之下，他的子姪所過的生活一定不會豪華。接着，他用兩相對舉的方法，比較「酒肉一餐」和「粗飯幾日」，「紗絹一匹」和「粗衣幾件」，在作者來說，食物、衣服，

最基本的功用不過是果腹保暖，為甚麼要奢侈浪費呢？古人常說「勤儉持家」，對於社會經歷尚淺的年輕人來說，沒有經受過生活的考驗，不知道衣食得之不易，很容易犯上鋪張浪費的毛病，所以作者要對他的子姪說明儉樸的重要。最後作者語重心長地告誡子姪要「居安思危」，必須未雨綢繆，切不可到窮途末路時才知追悔。

全文語言淺近，辭意懇切，在反覆的對比中說理透徹。文中運用大量對仗工整，類似格言的句子，既使文章更加生動，也有利於後輩的記誦。「由儉入奢易，由奢入儉難」「常將有日思無日，莫等無時思有時」等，都是中國人耳熟能詳的古訓。

在當今高消費的時代，重溫先賢有關節儉樸素過日子的家庭訓導，依然很有現實意義。提倡節儉不僅僅只是一種個人的生活態度，而且也能對地球資源和生態環境起到保護的作用。

小分享

1. 你的父母有沒有教導你要養成樸素勤儉的生活習慣呢？讀了這篇文章以後，你有甚麼想法，找機會和父母討論一下。

2. 父母平時常對你有甚麼教導和要求？哪一方面令你印象最深刻？為甚麼？

3. 你認為「吃可果腹，衣可保暖」是不是你所熟悉的人的基本生活追求？試以生活經驗說說你的體會和意見。

又到了星期天，何巧敏和唐向文一大早就在公園依約見面了。

何巧敏拿出《小學生古文遊》的電子書，打開了，說：「之前的幾次古文遊真是受益匪淺啊，今天我們也要去學一學先賢是如何教育子孫後代的，現在就出發吧。」

唐向文應聲閱讀起電子書上的文字 ——

第十遊——明代江蘇崑山

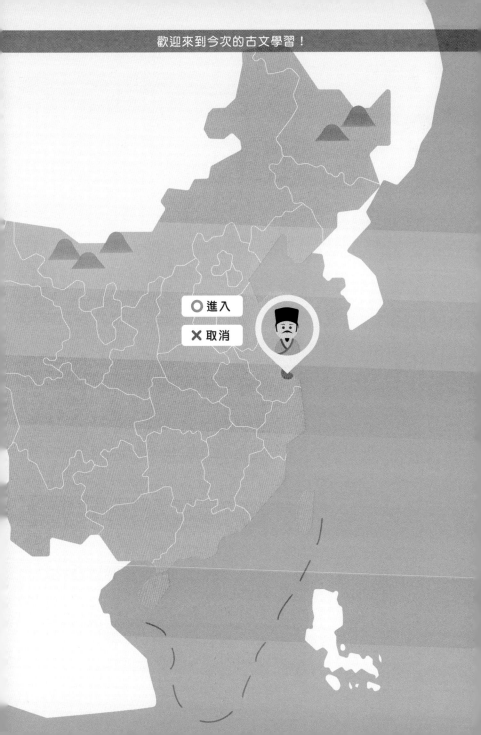

原文

朱子家訓（節錄）　朱用純

　　黎明[1]即[2]起，灑掃庭除[3]，要內外整潔。既[4]昏便息，關鎖門戶[5]，必親自檢點[6]。一粥一飯當思來處不易；半絲半縷[7]，恆念[8]物力[9]維[10]艱。宜未雨而綢繆[11]，毋臨渴而掘井[12]。自奉[13]必須儉約，宴客切勿留連[14]。器具質[15]而潔，瓦缶[16]勝金玉。飲食約而精[17]，園蔬愈[18]珍饌[19]。

【注釋】

1. 黎明：黑夜與白晝交接的一段時間。

2. 即：就，立刻。

3. 庭除：庭前階下，庭院。

4. 既：已經。

5. 門戶：房屋的出入處。

6. 檢點：細心察看。

7. 半絲半縷：此處泛指衣物。半：極言其少。絲縷：
   絲線。

8. 恆念：經常想到。

9. 物力：物資。

10. 維：亦作「唯」「惟」，語助詞，用於句首或句中。

11. 未雨而綢繆：指凡事要預先準備，以防患於未然。出
    於《詩經‧豳（bīn）風‧鴟鴞（chī xiāo）》，其
    中的「迨天之未雨，徹彼桑土，綢繆牖戶」，借一隻
    鳥的口吻說：趁天還未下雨，去取來桑樹的樹皮根
    鬚，將巢穴的縫隙緊密地纏繞起來，以備陰雨之患。

12. 臨渴而掘井：到了口渴的時候才挖井取水，比喻事到
    臨頭才想辦法。

13. 自奉：自己的生活消費。

14. 留連：捨不得離開。

15. 質：樸素。

16. 瓦缶：一種瓦製的容器，小口大腹，俗稱瓦罐。缶：
    🈷 fau2（否）；🈷 fǒu。

17. 約而精：簡單而品質精純。

18. 愈：勝過。

19. 珍饈：珍貴的食物。

唐向文看完了，問：「這一篇古文，有些字句似乎是聽人講過了的。我們應該怎樣用今天的語言來解讀呢？」

何巧敏說：「現在就請《小學生古文遊》的網絡主持人宋導師來指導吧。」說着，就按下一個電子鍵，宋導師出現在眼前。

宋導師點頭道：「歡迎來到明代江蘇昆山遊覽，請看！」

今讀

　　每天清早，天還沒亮就起來，打掃庭院，務必使裏裏外外整齊潔淨。黃昏已過便休息，關好門窗上好鎖，一定要親自檢查一遍。我們吃飯喝粥的時候，應當想到稻米得來不易。我們穿戴整齊的時候，應當想到衣物製作過程之中，用了多少人力物力。凡事要做好準備，防患於未然，不要事到臨頭才想辦法。日常生活的支出，必須儉樸節約，宴請客人也要有所節制，不要通宵達旦。家裏的一切物件器皿質樸而潔淨就可以了，一個瓦罐子比貴重的器物更實用。飲食簡單而精純，蔬菜也許比貴重珍奇的食品更有營養。

唐向文說：「我明白了，謝謝宋導師！」

何巧敏說：「宋導師，我還想瞭解一下，這篇文章的作者朱用純是個甚麼樣的人，《朱子家訓》是一本甚麼樣的著作呢？」

小寶典

朱用純（公元 1627 — 1698 年），字致一，自號柏廬，明代江蘇省昆山縣人。父親朱集璜是明末的學者。明亡入清後，朱用純雖然只有十七歲，但始終不願在清朝為官。朱用純一生主要研究程朱理學，主張知行並進，有著作多種，其中以《朱子家訓》最有影響。

《朱子家訓》全文五百餘字，以儒家的「修身」「齊家」為宗旨，蘊含着做人處世、治家教子的人情道理，三百年來膾炙人口，對後代產生了很大的影響。這裏所節選的，是《朱子家訓》的開頭部分。

宋導師接着說：「你們還要繼續留意學習，以下，我給大家一些小小的提示。」

小提示

　　這篇選自《朱子家訓》的文字通俗易懂，內容簡明扼要，問世以來，廣泛流傳，成為教子治家的經典家訓。主要是以「修身」「齊家」為宗旨，集儒家做人處世方法之大成，思想植根深厚，含義博大精深。通篇宣揚中國幾千年形成的道德教育思想，以名言警句的形式表達出來，可以口頭傳訓，也可以寫成對聯條幅掛在大門、廳堂和居室，作為治理家庭和教育子女的座右銘。

　　這篇短文用了便於誦讀的對偶句式，表達了勤儉持家、杜絕浪費、講究衛生、飲食清淡等治家處世的樸素哲理，直到今天仍能給人啟示。

　　《朱子家訓》在內容上極為質樸，字字句句包含的都是從生活中總結出來的真知灼見，既符合儒

家傳統的修身齊家之道，又切合立身處世的實際需要；它將這些樸素實用的道理，用整齊流暢的形式表達出來，令人易於記誦，所以能夠深入人心。

在句式運用上，這篇文章上下句之間的整齊對偶，使文章讀來琅琅上口，酣暢流利；而句式包括四言、五言、六言，參差錯落，又使文字變化多姿，韻味十足。

小分享

1. 你每天幾點鐘起床，起床後做的第一件事是甚麼呢？

2. 你會不會自己整理書包和校服，養成良好的生活習慣？

3. 你有沒有幫助家人做家務？如果有的話，做的是哪些家務呢？

4. 你最認同《朱子家訓》中的哪一項？為甚麼？

5. 和家中長輩商議，試訂一份你們家的「家訓」。

　　這個星期天上午，唐向文在公園裏見到何巧敏就問：「我們這次的古文遊要去哪裏？學過很多賢人修身學習的教誨以後，我還想去其它地方看看呢。」

　　何巧敏拿出電子書，打開了，說：

　　「你知道李白吧？今天我們要去的，就是一個和大詩人李白有關係的地方。」

第十一遊——唐代四川青蓮鄉

○ 進入

✕ 取消

原文

鐵杵磨針　陳仁錫《史品赤函》

李白讀書未成，棄去[1]。道逢[2]老嫗[3]磨杵[4]，白問故[5]，曰：「欲作針。」白笑其拙[6]，老婦曰：「功到[7]自然成耳。」白大為感動，遂還讀卒業[8]。卒成名士[9]。

【注釋】

1. 棄去：丟開書本溜出去玩耍。

2. 逢：遇見。

3. 老嫗：老婆婆。嫗：粵 jyu2（於二聲）；普 yù。

4. 杵：粵 cyu2（處二聲）；普 chǔ。鐵棒。

5. 故：原因。

6. 拙：愚笨。

7. 功到：下了功夫。

8. 遂還讀卒業：於是回頭讀書，完成學業。

9. 名士：古時指知名於世而未出仕的人。

唐向文看完了說:「這一篇古文,講的是李白怎樣決心發奮唸書的故事啊。」

宋導師點頭道:「正是。歡迎來到唐代四川青蓮鄉遊覽,請看!」

今讀

　李白少年時,人雖聰明,但貪玩懶散。一天,他讀書讀了一段時間,逃學出去玩耍。在路上,李白遇到一位老婆婆在磨一根鐵棒,他好奇地問老婆婆在做甚麼,老婆婆告訴他要把鐵棒磨成一根針。李白嘲笑老婆婆愚笨,一根粗鐵棒,

怎能磨成一根針？但老婆婆卻說，只要下了功夫，自然就會成功。聰明的李白一聽此言，立刻有所領悟，如果在學習上，他也能像老婆婆那樣拿出磨鐵棒的精神，一定能把書讀懂的。自此之後，李白努力學習，終於學有所成，成為一位大詩人。

唐向文說：「我明白了，原來這就是流傳已久的『鐵杵磨成針』的故事，謝謝宋導師！」

何巧敏說：「宋導師，我還想瞭解一下，這篇文章的作者陳仁錫的生平事跡，他寫的《史品赤函》是一本甚麼樣的著作呢？」

小寶典

陳仁錫（公元 1581－1636 年），明代長洲（今江蘇省蘇州市）人，字明卿，天啟進士，授官翰林編修，因得罪權宦魏忠賢被罷職。崇禎初復官，官至國子監祭酒。陳仁錫講求經濟，性好學，喜著述，有很多著作傳世。本文選自陳仁錫的《史品赤函》，這本書輯錄的是古今逸史。

宋導師接着說：「你們還要繼續留意學習，以下，我給大家一些小小的提示。」

這是一個生動而有深意的名人故事，主人公是年少時的唐代詩人李白。

後人從這個故事中引伸出「鐵杵磨針」「鐵杵成針」等成語，又或諺語「只要有恆心，鐵杵磨成針」「只要功夫深，鐵杵磨成針」等，比喻持之以恆地努力能有所成就。

這個故事流傳極廣，無論是不是確有其事，但藉唐代大詩人李白的名氣，中國人常用這個故事來教導小孩子做事要有恆心。

這節文字只有寥寥四十七個字，敘事的部分極為簡潔，只用「李白讀書未成，棄去」及「白大為感動，遂還讀卒業。卒成名士」等數語，便交代了前因和後果。故事的重心，在於李白和老婆婆的一問一答，透過對話，把兩個人物的形象變得生動豐滿。從而揭示這個故事的主旨：無論做甚麼，只要有堅韌不拔的意志，鍥而不捨，就能做出成績。

小分享

1. 只要功夫深，鐵杵磨成針。這一個令李白深受啟發的故事，結合個人經歷，你讀後有甚麼感受？試和同學討論一下。

2. 你有經過一番努力才達至成功的經驗嗎？你艱苦奮鬥時的心情是怎樣的？當你達至成功時的心情又是怎樣的？

3. 想像一下，如果你有機會訪問成為大詩人的李白，請他講述自己少年立志，奮發上進的心路歷程，你會怎樣提問？試擬訂出幾條問題。

4. 如果你做功課的時候遇到難題，你會怎麼做？

古文遊準備出發！

　　轉眼之間又是一個星期天上午，唐向文在公園裏見到何巧敏，何巧敏說：「我們這次的古文遊，要去看一個和尚遠行的故事。」

　　唐向文驚訝地問：「遠行？是像唐僧西天取經那樣的故事嗎？那要走好多路呢！」

　　何巧敏於是打開《小學生古文遊》的電子書，唐向文接過書，好奇地讀起來。

第十二遊——清代四川丹棱

歡迎來到今次的古文學習！

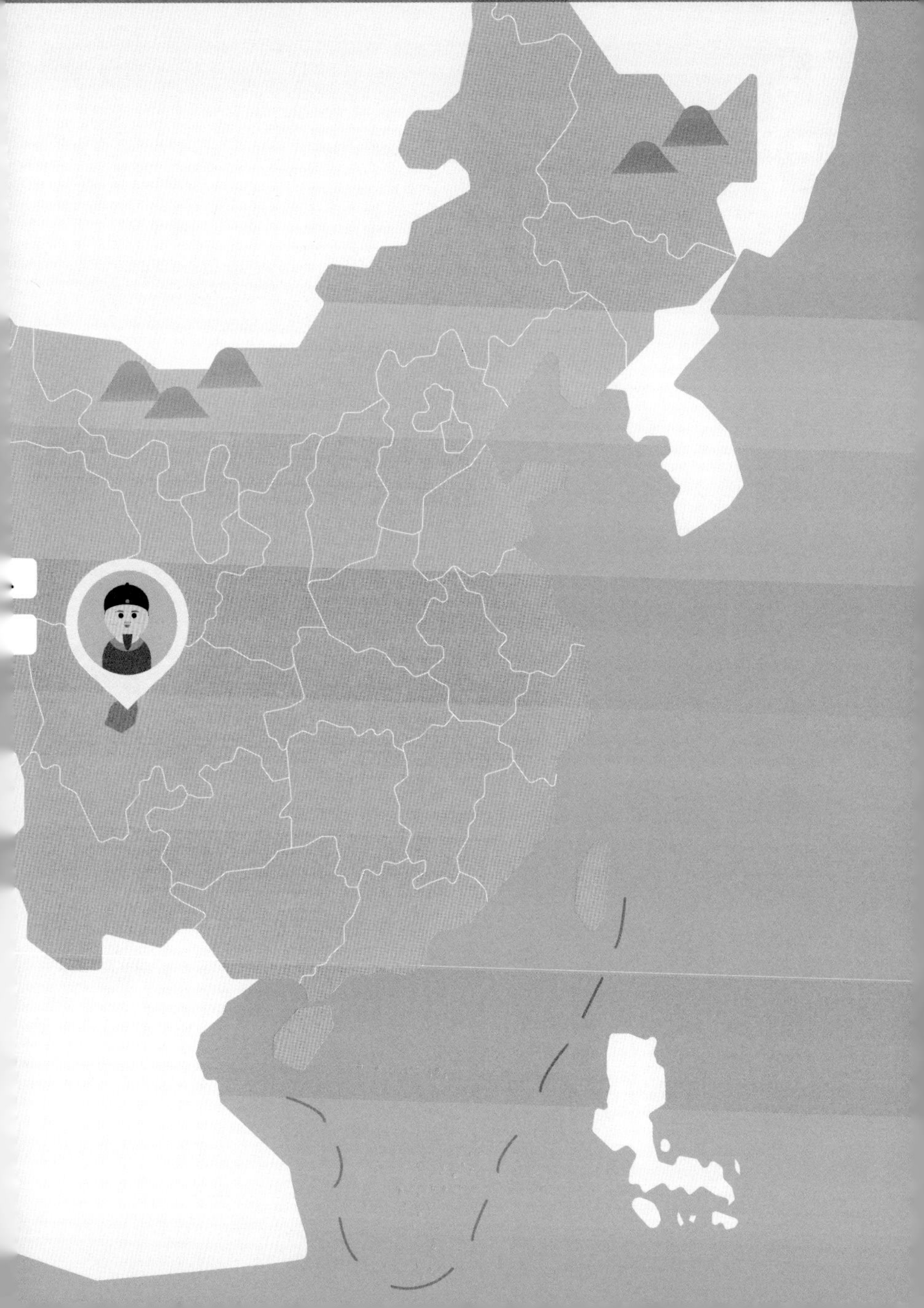

為學（節錄）　彭端淑

原文

　　蜀[1]之鄙[2]有二僧：其一貧，其一富。貧者語於[3]富者曰：「吾欲之[4]南海[5]，何如[6]？」富者曰：「子[7]何恃[8]而往？」曰：「吾一瓶一缽[9]足矣。」富者曰：「吾數年來欲買舟[10]而下，猶[11]未能也，子何恃而往？」越[12]明年，貧者自南海還，以告富者，富者有慚色。西蜀之去[13]南海，不知幾千里也，僧之富者不能至，而貧者至之。人之立志，顧[14]不如蜀鄙之僧哉？

【注釋】

1. 蜀：四川。

2. 鄙：邊境。

3. 語於：對……說。語：（粵）jyu6（預）；（普）yù。告訴。

4. 之：這裏作動詞用，「往」的意思。

5. 南海：即今浙江省舟山羣島的普陀山，我國佛教聖地之一。

6. 何如：怎麼樣？這裏有商量的語氣。

7. 子：代詞，「你」的意思。

8. 恃：憑藉。

9. 鉢：粵 but3（砵）；普 bō。和尚盛食物的用具。

10. 買舟：僱船。

11. 猶：尚且。

12. 越：及，到了。

13. 去：距離。

14. 顧：反而，卻。

何巧敏說：「現在就請《小學生古文遊》的網絡主持人宋導師來指導吧。」說着，她就按下一個電子鍵，宋導師出現在眼前。

宋導師點頭道：「歡迎來到清代四川丹棱遊覽，請看！」

今讀

四川的邊境有一貧一富兩個和尚，都想到南海去。窮和尚告訴富和尚自己的想法，富和尚問：「你憑甚麼去呢？」窮和尚說：「我只打算帶一瓶一缽，沿途向人化緣求佈施。」富和尚嘲笑窮和尚不自量力，他說：「我多年來想僱船順江而下還難以成行，你這樣怎麼可能到南海去呢！」隔了一年，窮和尚從南海回來，把他的見聞告訴富和尚時，富和尚感到很慚愧。四川距離南海幾千里遠，富和尚去不到，而窮和尚卻去了。人們立志求學，反而不及四川的和尚嗎？

唐向文說：「我明白了，謝謝宋導師！」

何巧敏說：「宋導師，我還想瞭解一下，這篇文章的作者彭端淑的生平事跡。」

小寶典

彭端淑（公元 1699 — 1779 年），字樂齋，清代四川丹棱（今四川省丹棱縣）人。雍正年間進士，為官頗有政績。後辭官回家，在四川錦江書院講學。著作有《白鶴堂集》。本文節選自《為學一首示子姪》一文。

看過以後，何巧敏和唐向文一起說：「謝謝宋導師指教！」

宋導師揮揮手，說：「不用謝。你們還要繼續留意學習，以下，我給大家一些小小的提示。」

小提示

　　這篇文章是清代學者彭端淑為了鼓勵他的子姪輩努力學習而寫的故事，講述四川的兩個和尚想到佛教聖地南海去，「富者不能至，而貧者至之」，生動形象地說明學習的難易不是絕對的，只要立定志向，就能變難為易，有所成就。至今仍然有很強的社會意義。

　　在這篇文章中，作者沒有大肆宣揚道理，而是通過故事人物的形象作比較，揭示難易轉化的關鍵在於「為」或「不為」：「蜀之鄙有二僧」，故事一開頭先點明二僧住處偏遠，暗示出到南海路遙險多。「其一貧，其一富」，交代二僧財力懸殊。接着較詳細地記載了二僧的對話，意在突出對比二僧一

奮進一躑躅，因而自有一易一難，一成一敗之別。

貧富二僧都想到南海，然而各人採取不同的態度、不一的做法，結果也不一樣：窮和尚物資缺乏，但憑藉克服困難的毅力，終於達到目標；富和尚條件優越，想以舟代步，設想周詳，最終卻不能成行。他兩次問窮和尚「子何恃而往」，先是表示懷疑，再則表示輕蔑。但窮和尚從南海回來後，把經過告訴富和尚，富和尚「有慚色」，說明他自愧不如窮和尚有決心和有毅力。這個故事形象地說明，一個人能不能實現自己的願望，客觀的條件固然需要考慮，但更重要的是取決於主觀上努力不努力、下不下決心、有沒有實際行動。故事從正反兩方面印證了「難」與「易」互相轉化的關鍵，強調了「為學」取得成就是在於主觀的努力。全篇文字敍述生動活潑，比喻淺易，旨在說明「人貴在立志」，以及必須具有「立志去為」的毅力，知難而進，勇於實踐的精神。從有志者事竟成的角度，鼓勵人們堅持實幹，終會達到目標。

小分享

1. 讀萬卷書，不如行萬里路。你有去外地旅遊的計劃嗎？如果經費不是很多，你打算怎麼做？

2. 你認為聰明的同學一定可以學習得比別的同學快嗎？為甚麼？

3. 若遇到一個資質平庸的同學，你會怎樣鼓勵他面對學習上的困難呢？

4. 你有甚麼短期或長期的學習計劃目標呢？說一說你會怎樣達成目標？

古文遊準備出發！

這個星期天上午，唐向文見到何巧敏在埋頭看着一張大地圖，心裏非常好奇，上前就問：「咦，你為甚麼要看這張地圖，而不是研究我們的《小學生古文遊》電子書呢？」

何巧敏答道：「我們上一次學習的古文，不是說明了立志去做的道理嗎？我要訂立古文遊實地旅遊考察的計劃，一放假就執行！」

唐向文說：「很不錯啊，我也要加入。」

何巧敏笑着收起地圖，說：「現在先完成這次的古文遊再說吧。」

「那麼現在我們要向哪裏出發呢？」唐向文急忙問。

何巧敏拿出電子書，打開了，說：「你看看這一篇文章吧。」

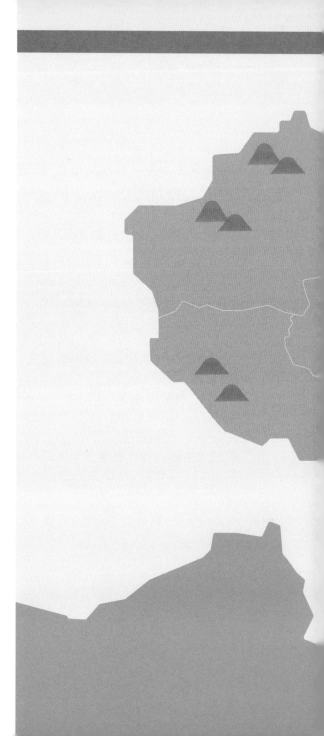

第十三遊──清代江蘇金匱

○ 進入

✕ 取消

履園叢話

要做則做　錢泳《履園叢話》

　　後生家每臨事¹，輒²曰：「吾不會做。」此大謬³也。凡事做則會，不做安⁴能會耶⁵？又，做一事，輒曰：「且⁶待明日。」此亦大謬也。凡事要做則做，若一味因循⁷，大誤終身。家鶴灘先生⁸有《明日歌》最妙，附記於此：「明日復明日，明日何其多。我生⁹待明日，萬事成蹉跎¹⁰。世人苦被明日累¹¹，春去秋來老將至。朝看水東流，暮看日西墜。百年明日能幾何¹²？請君聽我《明日歌》。」

履園叢話

【注釋】

1. **後生家每臨事**：年輕人每每遇到事情。家：用在某些名詞後面，表示屬於那一類人。臨事：遇到事情。

2. **輒**：🔊 zip3（摺）；🔊 zhé。就，總是。

3. **謬**：錯誤，荒謬。

4. **安**：怎能。

5. **耶**：表示反問的語氣詞。

6. **且**：暫且。

7. **因循**：原意為照舊不改，這裏指拖延下去。

8. **家鶴灘先生**：我的本家錢鶴灘先生。家：本家，同姓者。鶴灘：即明代詩文家錢福，因所住的地方近鶴灘，因以為號。

9. **生**：一生。

10. **萬事成蹉跎**：虛度時光，甚麼事都沒有做成。蹉：🔊 co1（初）；🔊 cuō。跎：🔊 to4（駝）🔊 tuó。虛度光陰。

11. **累**：拖累。

12. **百年明日能幾何**：一個人的一生能有多少個明天呢？百年：指人的一生。幾何：多少。

唐向文看完了，問：「這一篇古文，應該怎樣用今天的語言來解讀呢？」

何巧敏說：「現在就請《小學生古文遊》的網絡主持人宋導師來指導吧。」說着，就按下一個電子鍵，宋導師出現在眼前。

「宋導師您好！」
何巧敏和唐向文一起說。

宋導師點頭道：「歡迎來到清代的江蘇金匱遊覽，請看！」

今讀

年輕人遇到事情，總喜歡抱怨說：「不會做」，這種想法是很錯誤的。凡事只有去嘗試，才會學懂怎樣做，不做又怎能學得會呢？又有一種人經常說：「明天再做吧」，這也是很不正確的。事情該做時就得去做，老是拖延，就會耽誤一生。錢鶴灘先生有一首《明日歌》說的非常好：明天之後還有明天，「明天」是那麼的多。如果一生中甚麼事情都等待明天，結果只會萬事成空。世人如果被「明天」拖累的話，春去秋來很快就會老去。早上看看水向東方流去，晚上看看太陽從西邊落下，生命在不知不覺中便流逝了。人的一生非常短暫，即使活到一百歲，那又有多少個「明天」呢？所以奉勸各位聽聽《明日歌》，珍惜現在的時光啊。

唐向文說:「我明白了,謝謝宋導師!」

何巧敏說:「宋導師,我還想瞭解一下,這篇文章的作者錢泳的生平事跡,以及《履園叢話》是一本甚麼樣的著作。」

小寶典

錢泳(公元 1759—1844 年),字立羣,號梅溪,江蘇金匱(今江蘇省無錫市)人,清代著名的金石書法家,工詩善畫,著述甚多。

本文選自《履園叢話》。這部書成於道光初年,共二十四卷,分「舊聞」「閱古」「考索」等二十三門。其中頗多清代史料,尤詳於清初江南風物、掌故。

看過以後，何巧敏和唐向文一起說：「謝謝宋導師指教！」

宋導師揮揮手，說：「不用謝。你們還要繼續留意學習，以下，我給大家一些小小的提示。」

小提示

這一段文字，屬於筆記體裁，內容主要是告誡年輕人凡事要做就去做，不要因為不會做就放棄，應該敢於嘗試。針對一些年輕人做事愛拖延的壞習慣，作者引用通俗警世的歌謠，指出人生貴在做，要珍惜時間，及時努力，否則光陰就會在等待中消逝，落得老大徒傷悲，後悔莫及，終生遺憾的「空悲切」的可歎結局。

這則筆記的文字語言淺白，針砭有力，並對年輕人諄諄教導，更有一種「當頭棒喝」的警醒作用。至今對青少年學子們的教育、成長，仍然具有影響力。

小分享

1. 面臨一個學期的開始，你有沒有定出切實可行的學習計劃，並且時時對照執行？

2. 試試制定一個兩星期的「作息時間表」，務求達到「今天的事今天做」的目標。

3. 你有在考試前「臨急抱佛腳」，温習至夜深的經驗嗎？你覺得有甚麼改善學習的方法？

4. 你嘗試過以「明天／遲些再做吧」來拖延事情嗎？這種處事態度適當嗎？為甚麼？

你今天要學習的古文
都學會了嗎？

今天的事就要
今天做完啊！

附 錄

愛蓮說
周敦頤・北宋

遊覽地點

廬山：又稱匡山、匡廬，位於江西省九江市，是聯合國教科文組織評定的世界文化遺產和世界地質公園。以雄、奇、險、秀聞名，有着深厚的歷史文化底蘊。濂溪，源出於江西廬山蓮花峯下，西北流合龍開河入長江。周敦頤晚年移居此地，便以此為號。

今日名勝

　　廬山旅遊資源豐富，如今著名景點有五老峯、東林寺、白鹿洞書院，以及多位近代歷史名人居住過的廬山別墅羣等。

摸鐘
沈括・北宋

遊覽地點

建州浦城縣：今天福建省浦城縣。它位於仙霞嶺山脈與武夷山脈交接處，為江西，浙江，福建三省交界點。

記承天寺夜遊
蘇軾・北宋

遊覽地點

黃州：今湖北省黃岡市。

今日名勝

　　蘇東坡曾被貶謫到黃州，當地留下了東坡赤壁等文物古

蹟。文中承天寺如今只剩遺址，文保人員正在進行研究和保護修復。

口鼻眼眉爭辯
《唐語林》·唐代

遊覽地點

長安：今陝西省西安市。

熟讀精思
朱熹·南宋

遊覽地點

徽州婺源：今江西省婺源縣。

名落孫山
《過庭錄》·南宋

遊覽地點

蘇州：今江蘇省蘇州市。蘇州有文字記載的歷史有4000餘年，官方認定的建城史逾2500年，是中國現存最古老的城市之一。

今日名勝

所謂「上有天堂，下有蘇杭」蘇州風景秀麗，富有人文底蘊，是中華人民共和國首批國家歷史文化名城。蘇州古典園林是中國古典園林的代表，被列入《世界文化遺產名錄》。

浙江之潮
周密 · 南宋

浙江：浙江是今天的錢塘江。它是浙江省第一大河。

今日名勝

　　浙江入海下游杭州段今天被稱為錢塘江。一般而言，錢塘江潮在農曆每月初一至初三、十五至十八出現，每年農曆八月十八的潮水最為壯觀。

勉諭兒輩
周怡 · 明代

遊覽地點

太平縣：今安徽省黃山市。

今日名勝

　　黃山市大部分屬於古徽州。黃山風景名勝區作為一項文化與自然雙重遺產被聯合國教科文組織列入世界遺產名錄；2004 年 2 月入選世界地質公園。

送東陽馬生序（節錄）
宋濂 · 明代

遊覽地點

南京：今江蘇省南京市。

朱子家訓（節錄）
朱用純 · 明代

遊覽地點

昆山：今江蘇省昆山市

昆山市郊的中國歷史文化名鎮周莊、錦溪、千燈鎮有着濃郁的江南水鄉風情。昆山也是祖沖之、歸有光、顧炎武等名人的家鄉，以及昆曲的發源地。

為學（節錄）
彭端淑·清代

四川丹棱：今四川省眉山市丹棱縣。

鐵杵磨針
陳仁錫·明代

四川青蓮鄉：今四川省綿陽地區江油市下屬的青蓮鎮。

青蓮鎮是李白故里，當地有太白祠、洗墨池、衣冠墓等十餘處與李白有關的景點。

要做則做
《履園叢話》·清代

江蘇金匱：屬於今天江蘇省無錫市的一部分。

無錫是中國的歷史文化名城，江南地區最古老的城市之一，也是吳文化的發源地。現在市內有錫山、惠山、「天下第二泉」惠泉、梅里吳墟、寄暢園、榮氏梅園、東林書院等古蹟。

小學生古文遊 ④

周蜜蜜　編著

責任編輯：楊歌
裝幀設計：小草
排版：賴艷萍
印務：劉漢舉

出版 / 中華教育

香港北角英皇道 499 號北角工業大廈 1 樓 B
電話：(852) 2137 2338 傳真：(852) 2713 8202
電子郵件：info@chunghwabook.com.hk
網址：http://www.chunghwabook.com.hk

發行 / 香港聯合書刊物流有限公司

香港新界大埔汀麗路 36 號 中華商務印刷大廈 3 字樓
電話：(852) 2150 2100 傳真：(852) 2407 3062
電子郵件：info@suplogistics.com.hk

印刷 / 美雅印刷製本有限公司

香港觀塘榮業街 6 號海濱工業大廈 4 字樓 A 室

版次 / 2019 年 1 月第 1 版第 1 次印刷
©2019 中華教育

規格 / 32 開（195mm x 140mm）
ISBN / 978-988-8571-35-2